Cinco razones por las que te encantará Isadora Moon:

¡Conocerás a la vamp-tástica
y encant-hadora Isadora!

Su peluche, Pinky, ¡ha cobrado vida
por arte de magia!

¡Va a ir a su primera fiesta de pijamas
y está muy emocionada!

¡Tiene una familia muy loca!

Te hechizarán sus ilustraciones
en rosa y negro.

D1025500

¿Qué es lo que más te gusta de una fiesta de pijamas?

Coger las almohadas en mitad de la noche ¡y tener una guerra de almohadas épica!
(Tilli)

¡Contar y escuchar historias de miedo!
(Matilda)

Contemplar las estrellas
con una taza de chocolate
caliente, bien tapaditas
con una manta.
(Ruby y Poppy)

Hacer sombras terroríficas
con las manos y una linterna.
(Mischa)

Comer dulces a escondidas
mientras hago pociones
y hechizos.
(Lottie)

Jugar y comer nubes rosas
de caramelo.
(Roseanna)

Mi familia

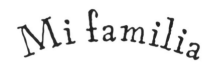

Mi madre,
la condesa Cordelia
Moon

Bebé Flor de Miel

Mi padre,
el conde Bartolomeo
Moon

¡Yo!
Isadora Moon

Pinky

Papel certificado por el Forest Stewardship Council®

MIXTO
Papel procedente de
fuentes responsables
FSC® C117695

¡Para los vampiros, hadas y humanos de todas partes!
Y para mis maravillosos padres.

Primera edición: marzo de 2019
Título original: *Isadora Moon Has a Sleepover*

Publicado originalmente en inglés en 2019.
Edición en castellano publicada por acuerdo con Oxford University Press.
© 2019, Harriet Muncaster
© 2019, Harriet Muncaster, por las ilustraciones
© 2019, Penguin Random House Grupo Editorial, S.A.U.
Travessera de Gràcia, 47-49. 08021 Barcelona
© 2019, Vanesa Pérez-Sauquillo, por la traducción

Penguin Random House Grupo Editorial apoya la protección del *copyright*.
El *copyright* estimula la creatividad, defiende la diversidad en el ámbito de las ideas y el conocimiento,
promueve la libre expresión y favorece una cultura viva. Gracias por comprar una edición autorizada
de este libro y por respetar las leyes del *copyright* al no reproducir, escanear ni distribuir ninguna
parte de esta obra por ningún medio sin permiso. Al hacerlo está respaldando a los autores
y permitiendo que PRHGE continúe publicando libros para todos los lectores.
Diríjase a CEDRO (Centro Español de Derechos Reprográficos, http://www.cedro.org)
si necesita fotocopiar o escanear algún fragmento de esta obra.

Printed in Spain – Impreso en España

ISBN: 978-84-204-3398-1
Depósito legal: B-381-2019

Compuesto por Javier Barbado
Impreso en Gómez Aparicio, S.L.
Casarrubuelos (Madrid)

AL 3 3 9 8 1

Penguin
Random House
Grupo Editorial

ISADORA · MOON

va a una fiesta de pijamas

Harriet Muncaster

Traducción de Vanesa Pérez-Sauquillo

ALFAGUARA

Capítulo UNO

—¡Vamos a hacer una competición! —anunció la señorita Guinda a la clase, una mañana de primavera luminosa y llena de flores—. ¡Una competición de cocina! Va a ser como ese concurso que veis todos en la televisión: *Bizcocho a las ocho*.

—¡Oh! —exclamó Oliver—. ¡Me encanta ese programa!

—¡A mí también! —gritó Sashi entusiasmada—. ¡Lo veo todas las semanas!

—Los ganadores —continuó la señorita Guinda— conseguirán entradas para ir a la final del concurso. ¡Podréis estar entre el público y verlo en la vida real!

—¡Síííííí! —chilló Zoe a mi lado.

Todos en clase se pusieron a charlar animadamente. Bueno, todos menos yo. Nunca había oído hablar de *Bizcocho a las ocho*. Ni siquiera tengo tele.

Mi mamá es un hada, ya sabéis… Le encanta estar al aire libre y no puede comprender por qué a los humanos les gusta «sentarse delante de cajas con fotos que se mueven».

Aunque si tuviéramos tele, solo podría ver *Bizcocho a las ocho* cuando papá no estuviera en casa. Para él sería un programa de horror. Es un vampiro, y toda la comida que no es roja le parece asquerosa.

—Tenéis que poneros por parejas —dijo la señorita Guinda— ¡y hacer la tarta más impresionante que podáis! La pareja que haga la mejor tarta ganará las entradas. Tenéis todo el fin de semana para cocinar, y yo valoraré las tartas el lunes por la mañana.

—¡Síííííí! —chilló Zoe otra vez—. ¡Qué emocionante! Isadora, ¿serás mi pareja, verdad?

—¡Claro que sí! —respondí
encantada. Zoe es mi mejor amiga, aparte
de Pinky. Pinky era mi peluche favorito
hasta que mamá le dio vida con su varita
mágica.

—Tengo una idea —dijo Zoe—.
¿Por qué no vienes a mi casa el sábado?
Podemos preparar la tarta y después hacer
una fiesta de pijamas. ¡Será muy divertido!
¡Dormir en la misma habitación, contar
historias de fantasmas y hacer un banquete
secreto a medianoche!

—Me encantaría —dije—. Nunca he ido a una fiesta de pijamas.

—Entonces le diré a mi madre que hable con la tuya después del colegio —dijo Zoe—. ¡Oh, va a ser tan divertido…! ¡Qué ganas tengo!

—Nosotros también vamos a tener una fiesta de pijamas —dijo Oliver, detrás de nosotras—. Bruno y yo vamos a hacer la mejor tarta del mundo.

—Va a ser un dinosaurio —añadió Bruno—. De color verde…

—¡Shhh! —dijo Oliver—. No les cuentes nuestro plan.

—¡Ay! Perdón —dijo Bruno, poniéndose rojo—. No va a ser un dinosaurio.

—No pasa nada —le tranquilizó Zoe—. No te preocupes. No os robaremos la idea. ¡Tenemos una mucho mejor!

—¿Ah, sí? —le pregunté mientras recogíamos nuestras cosas para volver a casa.

—Bueno —susurró Zoe—, todavía no. ¡PERO LA TENDREMOS!

15

Isadora va a ir a una fiesta de pijamas
—dijo mamá en el desayuno, esa noche.
En nuestra casa hacemos dos desayunos,
porque papá duerme de día y se
despierta por la noche.

—¿Una fiesta de pijamas?
—preguntó papá—. ¿Para qué?

—Para divertirse —dijo
mamá—. Al parecer, a los
humanos les gusta.

—Sí —asentí—. Mis amigos están
siempre haciendo fiestas de pijamas. ¡Zoe dice
que te quedas despierto toda la madrugada
y haces un banquete a medianoche!

—¿Ah, sí? —preguntó papá, confuso—.
Eso suena igual que mi vida normal —siguió
bebiendo su zumo rojo con una pajita,
haciendo un ruido horrible al sorber.
Cuando terminó, se limpió la boca y dijo—:
Los humanos son unas criaturas muy raras.

Al día siguiente, pasé la tarde preparando
mi bolsa para la fiesta de pijamas. No
quería que se me olvidara nada. Metí mi

pijama de murciélagos, mis zapatillas, mi almohada y mi saco de dormir de cuando nos fuimos de acampada.

—Creo que esto es todo —le dije a Pinky—. ¿Se te ocurre algo más?

Pinky señaló mi varita, que estaba en la mesita de noche. La cogí y la puse entre las cosas para llevar.

—¡Buena idea! —le dije—. Podemos usarla como linterna.

Cuando terminé de hacer la bolsa, estaba un poco nerviosa.

—No te preocupes —dijo mamá—. Seguro que te lo pasas muy bien.

—Sí, seguro que sí —asentí con un hilo de voz.

Mientras nos acercábamos andando a la puerta de la casa de Zoe, de pronto ya no estaba nada segura querer ir.

—A lo mejor no debería quedarme a pasar la noche —murmuré—. Quizá podría estar solo algunas horas y que después vinieras a buscarme.

—Si tú quieres, sí —dijo mamá—. Pero me parece que, en cuanto veas a Zoe, vas a cambiar de opinión. ¿Y si le digo a papá que venga en su paseo nocturno a comprobar cómo estás? Puede esperarte en el jardín de Zoe y, si sigues despierta a medianoche, te asomas a la ventana y le saludas para que sepa que estás bien.

—Pues… vale —dije, sintiéndome mucho mejor.

Mamá llamó a la puerta y oímos a alguien que se acercaba correteando.

—¡Isadora! —gritó Zoe cuando la
puerta se abrió.

Saltó sobre mí y me dio un abrazo tan
grande y apretado que la bolsa se me cayó
al suelo.

—Hola, Isadora —dijo la madre de Zoe sonriendo.

Parecía tan amable y acogedora que los nervios se me quitaron de golpe.

Mamá me dio un beso de despedida y yo le dije adiós con la mano alegremente.

—¿Quieres merendar? —me preguntó Zoe—. He sacado mi juego de té para muñecas. ¡Está todo preparado!

Me llevó hasta la cocina, donde había puesto la mesa.

—Como es un día especial, mamá me ha dejado hacer pan de hadas.

—¿Pan de hadas? —repetí, preguntándome qué podía ser. Nunca lo había oído, ¡y eso que mamá era un hada!

—Sí —dijo Zoe, sentándose en una de las sillas—. Está riquísimo, ¡mira!

En cada uno de los dos platitos había una rebanada de pan con mantequilla, espolvoreada con fideos de colores por todas partes.

—Pensé que te haría sentir como en casa —dijo Zoe dándole un mordisco a la suya. Podía oír cómo crujían los fideos de azúcar entre sus dientes—. ¡Por ser medio hada y todo eso…!

—Gracias, Zoe —dije mordiendo mi propio trozo de pan de hadas. No quise decirle que eso no lo hacían las hadas de verdad. Deben de habérselo inventado los humanos.

—Está bueno, ¿eh? —dijo Zoe, haciendo ruido al masticar.

24

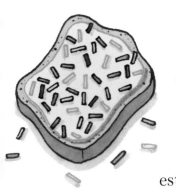

Asentí educadamente con la cabeza. Tenía la boca demasiado llena de mantequilla y fideos como para hablar. El pan de hadas estaba bueno, pero no tanto como el sándwich de mantequilla de cacahuete que tomo siempre para merendar. Mientras nos lo comíamos, nos pusimos a ver la televisión pequeña que había en la pared de la cocina. Estaban echando el programa *Bizcocho a las ocho*. Había cinco personas de pie detrás de unas encimeras de color rosa pálido, con grandes boles y cucharas de madera en las manos.

—Tres, dos, uno… ¡A COCINAR!
—gritó la presentadora, Natty MacDalena.

Estaba tan emocionada que su pelo, arremolinado como un helado, se bamboleaba de un lado a otro.

Los concursantes se pusieron como locos a echar ingredientes en sus boles. Mantequilla, azúcar, harina, pepitas de chocolate… Zoe y yo nos quedamos

mirándolos fascinadas, con los ojos
clavados en la pantalla.

—A lo mejor nos dan alguna idea
para nuestra tarta —dije.

Natty MacDalena se puso a bailar
por la sala, metiendo los dedos en los
boles de los concursantes y probando las
diferentes masas.

—¡Delicioso! —exclamó—. ¡Oh,
qué ácido! Mmm…, sabe a limón —sonrió
alegremente a la cámara y sus blancos
dientes resplandecieron.

—Qué simpática es —comentó Zoe—.
Me encantaría conocerla.

—Pues quizá lo hagamos —dije—, si
ganamos la competición.

Capítulo
DOS

Cuando terminamos la merienda, fuimos a buscar a la mamá de Zoe.

—¿Puedes ayudarnos ahora a hacer nuestra tarta? —le preguntó Zoe—. ¡Queremos hacer una como la que acabamos de ver en *Bizcocho a las ocho*!

—Era enorme —dije—, con cinco pisos diferentes…, cada uno de un sabor.

¡Café, chocolate, frambuesa, limón y calabaza!

Nunca había visto una tarta tan maravillosa como aquella.

La mamá de Zoe se rio.

—Os harán falta muchos ingredientes para hacer una tarta así —dijo—. Si lo decís en serio, tendré que ir al supermercado.

—Lo decimos muy en serio —le aseguró Zoe—. Nos encantaría ganar las entradas del concurso.

Su mamá miró el reloj.

—Bueno, de acuerdo —dijo—. Me pasaré por el súper ahora. Además, hace falta comprar pescado para la cena. Si necesitáis algo, papá está en el jardín.

—Ay, gracias —dijo Zoe dando saltos.

Mientras esperábamos a que volviera su madre, subimos a la habitación de Zoe. Me encanta su cuarto, porque siempre es muy interesante. Tiene mariposas pintadas en las paredes y un montón de

pósteres pegados en la puerta del armario.
Y no conozco a nadie que tenga un baúl
para los disfraces más grande.

—¿Jugamos a disfrazarnos? —dije
mientras abría el baúl y me ponía a
revolver su interior.

—¡Claro que sí! —dijo Zoe, sacando
unas alas rosas de hada y una brillante
corona de plata.

Se lo puso todo y, después, un par de zapatillas con pompón.

—Tengo una idea —comentó—. ¿Y si yo soy la reina de las hadas y tú la reina de los vampiros? Podemos ser las mejores amigas, pero gobernar en diferentes reinos. ¡Mi reino será una nube rosa y suave! Allí tendré un palacio de cristal, y todo olerá a rosas —se puso a rociarse entera con un perfume de flores.

—Vale —dije yo, sacando del baúl una corona negra, alta y reluciente, y poniéndomela en la cabeza—. Mi reino estará arriba en el cielo nocturno, rodeado de estrellas brillantes, y tendré cien

murciélagos como mascotas. ¡Y Pinky será
el príncipe de los vampiros!

A Pinky pareció gustarle mi
proposición y se puso a dar saltos de alegría.

—¡Cocó será la princesa de las hadas!
—dijo Zoe cogiendo de la almohada a su
peluche favorito, una mona, y abrazándola
contra su pecho. Pinky se quedó
mirándola con interés. Después se acercó
saltando a Zoe y le tendió la patita.

—Pinky quiere darle la mano a Cocó —dije.

Zoe se arrodilló y tendió la pata de su mona hacia Pinky.

—Cocó está encantada de conocerte —dijo, y Pinky sacudió las orejas con alegría. Empezó a acariciar la cola de rayas de Cocó.

—Me parece que se han gustado —dije.

—¡A mí también! —se rio Zoe.

Entonces, una mirada soñadora apareció en su cara.

—Isadora —dijo—. A lo mejor…, a lo mejor podrías darle vida a Cocó, solo para nuestro juego. Creo que a Pinky le encantaría. ¡Y a mí también!

Eché un vistazo a mi varita mágica, que sobresalía de la bolsa, en un rincón de la habitación.

—Supongo que sí —respondí, y fui corriendo a cogerla.

Zoe se puso a dar saltos de emoción.

—¿Podrías hacerlo? —susurró casi sin aliento—. ¿De verdad?

—Lo intentaré —dije—. Pero solo he hecho este hechizo una vez. Quizá tenga que probar varias veces…

Apunté con mi varita a la mona Cocó y cerré los ojos con fuerza. Sacudí la varita y los abrí de nuevo. Una lluvia de chispas brillantes bajó volando hacia Cocó y aterrizó por todo su pelo.

—¡Ohhh! —suspiró Zoe asombrada.

Las chispas empezaron a desaparecer y, bajo ellas, los botones de los ojos de Cocó parpadearon. ¡El hechizo había funcionado a la primera!

—¡Madre mía! —chilló Zoe, tapándose la boca de asombro.

Cocó sacudió los brazos y después la cola. Luego se puso en pie temblando sobre sus patas peludas, y saltó a los brazos de Zoe. Ella abrazó a Cocó con fuerza, y vi cómo en sus ojos brillaban las lágrimas.

—Gracias —susurró—. ¡Gracias! ¡Gracias!

—No te preocupes —dije, contenta de que Zoe estuviera tan feliz. Pinky también estaba muy contento. Daba saltos alrededor de los pies de Zoe, intentando que Cocó se fijara en él.

Empezamos a jugar, haciendo como que la cama de Zoe, con su edredón rosa, era una nube blandita. También extendimos en el suelo una capa negra con estrellas del baúl de los disfraces. Cuando me puse encima, me encontré en el reino de los vampiros, dentro de mi oscuro castillo gótico con cien murciélagos revoloteándome alrededor.

—Ahora voy a volar hacia tu palacio —dije, batiendo las alas en el aire y recorriendo la corta distancia que había hasta su cama.

—Yo voy a volar también —dijo Zoe, sacudiendo sus alas de hada de mentira y saltando al suelo. Abrió los brazos del todo y corrió por la habitación haciendo círculos. Cocó iba brincando detrás de ella, y Pinky las seguía.

—¡Estoy volando por el cielo!
—gritó—. ¡Está lleno de nubes rosas
y blanditas!

Mientras la miraba, tuve una idea.
¡Qué sorpresa le daría si hiciera que sus
alas de mentira volaran de verdad!

Cuando no me veía, volví a sacudir mi
varita. Un montón de chispas y purpurina

atravesó el aire y de pronto sus alas se
pusieron a batir solas. Zoe empezó a
elevarse hacia el techo.

—¡Ay! —chilló—. ¡Mírame!

—¡Estás volando «de verdad»! —me
reí, batiendo mis propias alas y acercándome
a ella por el aire.

Dimos vueltas y vueltas por la habitación, hasta que nos cansamos y volvimos a aterrizar en la cama, rebotando. Justo entonces, oímos el ruido de una puerta que se abría en el piso de abajo.

—Mi mamá debe de haber vuelto —dijo Zoe. Me cogió de la mano y bajamos corriendo por las escaleras hasta la cocina, dejando a Cocó y a Pinky jugando en el dormitorio.

—¡Pero bueno! ¡Vosotras dos ya no estáis igual que antes!

—Yo soy la reina de las hadas e Isadora es la reina de los vampiros —dijo Zoe.

—Pues si estas dos reinas quieren lavarse las manos y ponerse un delantal…

—dijo la mamá de Zoe—, ¡podremos empezar a hacer la tarta!

Sentí un cosquilleo de emoción mientras la madre de Zoe preparaba los ingredientes en la mesa: harina, mantequilla, azúcar y huevos. También había botellitas de colorante, tabletas de chocolate para fundir y una manga pastelera para hacer el glaseado.

—¡Es como si estuviéramos en *Bizcocho a las ocho*! —dijo Zoe, contemplando a su madre pesar azúcar y mantequilla y echar ambas cosas en dos boles. Le dio uno a Zoe y otro a mí, y empezamos a mezclarlos con cucharas de madera. Era más difícil de lo que pensaba, porque la mantequilla estaba todavía muy sólida de haber estado en el refrigerador del supermercado.

—Podríamos usar tu varita para ablandarla un poco —susurró Zoe cuando su mamá nos daba la espalda.

—Pues no sé… —dije, clavando la cuchara en un trozo de mantequilla dura—. No creo que debamos usar mi varita para hacer la tarta. Sería hacer trampa.

—No mucho —repuso Zoe—. Es solo para hacer la mantequilla más blanda. ¡Como si usáramos una batidora! La nuestra ahora está rota.

—Supongo que tienes razón —dije—. Vale. Iré a buscarla.

Salí corriendo de la cocina y volví a subir al dormitorio de Zoe. Pinky y Cocó estaban sentaditos en el suelo, mirando uno de los libros de Zoe los dos juntos.

Cogí mi varita y bajé otra vez las escaleras corriendo. En cuanto la mamá de Zoe se dio la vuelta, la sacudí apuntando a nuestros boles. Saltaron las chispas y de pronto la mantequilla y el azúcar se convirtieron en una masa perfectamente mezclada y sin grumos.

—¡BIEN! —exclamó Zoe—. Perfecto.

—¡Guau! —dijo la mamá de Zoe, cuando se volvió hacia nosotras—. ¡Bien hecho!

Midió la harina y la echó en nuestros boles. Lo removimos todo junto con los huevos.

—Ahora viene la parte complicada —dijo la mamá de Zoe—. Si queréis una tarta de cinco pisos, tenemos que dividir la masa en cinco cuencos y después poner un sabor diferente en cada uno de ellos.

Empezó a separar la masa, mientras Zoe y yo la mirábamos. Después la ayudamos a exprimir y rallar un limón para el primer piso de la tarta.

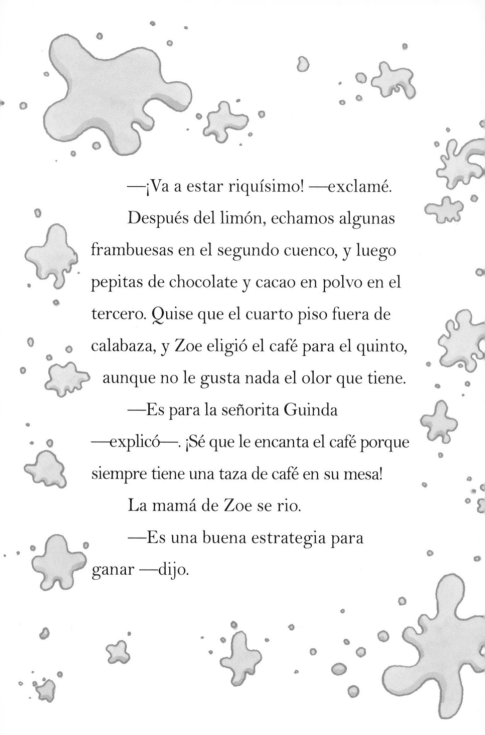

—¡Va a estar riquísimo! —exclamé.

Después del limón, echamos algunas
frambuesas en el segundo cuenco, y luego
pepitas de chocolate y cacao en polvo en el
tercero. Quise que el cuarto piso fuera de
calabaza, y Zoe eligió el café para el quinto,
aunque no le gusta nada el olor que tiene.

—Es para la señorita Guinda
—explicó—. ¡Sé que le encanta el café porque
siempre tiene una taza de café en su mesa!

La mamá de Zoe se rio.

—Es una buena estrategia para
ganar —dijo.

Cuando las masas estuvieron preparadas, las volcamos en cinco moldes de diferentes tamaños, y luego la mamá de Zoe las metió en su gran horno doble.

—Dentro de media hora comprobaremos cómo están —dijo, saliendo de la cocina.

Zoe y yo nos quedamos mirando las cinco masas de tarta a través de las puertas del horno.

—¡Podrías hacer un pequeño hechizo para que crezcan un montón! —propuso Zoe.

—¡Ohhh! —dije, mientras venía volando a mi cabeza la imagen de una tarta tan alta como nosotras.

Sacudí la varita y contemplamos cómo las masas se ponían a crecer en el horno hasta tener el doble del tamaño normal.

—¡Guau! —dijo la madre de Zoe cuando vino a comprobar los bizcochos—. ¡Mirad qué altos son! ¡Increíble!

Los sacó del horno y les dio la vuelta dejándolos sobre unas rejillas. Olían maravillosamente. Mientras esperábamos a que se enfriaran, la mamá de Zoe nos ayudó a hacer el glaseado: ¡cada piso de distinto color! Después nos dejó para que recubriéramos la tarta nosotras.

—¡Va a ser impresionante! —dijo
Zoe, mientras empezábamos a extender
el glaseado sobre el bizcocho ya frío.
¡Vamos a ganar seguro!

—Eso espero —dije abriendo
un pequeño frasco y espolvoreando
corazoncitos y flores de azúcar sobre
la tarta.

Ahora que los pisos estaban unos
encima de otros, la tarta era tan alta que ni
Zoe ni yo podíamos ver por la parte de
arriba.

—Lo que haría que fuera
verdaderamente espectacular —dijo
Zoe— es que el glaseado tuviera
brillantina. Nunca he visto un glaseado así.

—Yo tampoco —dije—. ¡Pero es una idea fantástica! —sacudí mi varita para que el glaseado se pusiera a brillar.

Y, por si fuera poco, también puse magia en los adornos, que empezaron a relucir, chisporrotear y estallar como pequeños fuegos artificiales.

—¡ES INCREÍBLE! —gritó Zoe.

Continuamos decorando la tarta, añadiendo un poco de glaseado por aquí, más adornos por allá, y remolinos y lazos hechos con manga pastelera por todos los bordes. Sacudí mi varita de nuevo para hacer pequeños hechizos que le dieran un poco más de magia y sabor a nuestra creación.

Cuando terminamos, dimos un paso atrás y admiramos nuestra obra.

—¡GUAU! —dijo Zoe, con el brillo de nuestra tarta mágica reflejado en los ojos—. ¡Es imposible que no ganemos el concurso!

Se puso a bailar de alegría por la habitación.

—Vamos a ganar las entradas… —canturreó—. ¡Vamos a conocer a Natty MacDalena!

Me eché a reír, feliz de que Zoe estuviera tan contenta.

—¡Madre mía! —exclamó asombrada la mamá de Zoe cuando entró en la cocina un poco después—. ¡Qué tarta más espectacular!

La rodeó, maravillándose con todos los pequeños detalles.

—No me di cuenta de que había comprado glaseado de brillantina —dijo—. No lo decía en la caja. ¡Y mirad esos adornos! Están girando como molinillos de fuegos artificiales chiquititos. ¡Qué ingenioso!

Zoe sonreía de oreja a oreja, pero yo empecé a sentirme incómoda. Quizá nos habíamos pasado un poco usando la varita…

Capítulo
TRES

Después de cenar, Zoe y yo subimos corriendo las escaleras hasta su cuarto. Afuera ya estaba oscuro y era hora de prepararse para ir a dormir.

—Vamos a sacar todo lo que has traído para esta noche —dijo Zoe con entusiasmo.

Abrimos juntas la bolsa y desenrollé mi saco de dormir.

—¿Tienes un colchón hinchable?
—preguntó Zoe—. ¿O le pido un colchón
a mi mamá?

—Tengo uno —respondí. Me puse a
rebuscar y saqué una bolsita de terciopelo.

—¡Es pequeñísimo! —dijo Zoe—.
¿Cómo va a caber un colchón entero ahí
dentro?

—Es que es un colchón de hadas
—respondí abriendo la bolsa y sacando
una nubecilla esponjosa y rosa.

En cuanto la saqué, la nube empezó a
crecer y a crecer, hasta que se hizo tan
grande como una cama de matrimonio,
toda blandita. Pinky y Cocó se subieron
de un brinco y se pusieron a saltar encima.

—¡Ohhh! —exclamó Zoe—. ¡Parece muy cómoda!

—Puedes dormir conmigo si quieres —dije—. ¡Hay muchísimo sitio!

Zoe tiró del edredón de su cama y lo puso en la nube junto a mi saco de dormir.

—Esto es tan emocionante… —dijo—. ¡Me encantan las fiestas de pijamas!

La nube era tan blanda que estuvimos un rato saltando con Pinky y Cocó, y después fuimos al baño a prepararnos para ir a dormir.

—¡Oh, no! —dije de repente, dándome cuenta de algo—. ¡He olvidado mi cepillo de dientes!

—No te preocupes —dijo Zoe mientras abría un cajón debajo del lavabo—. Tenemos un cabezal de repuesto.

—¿Un cabezal de repuesto? —pregunté—. ¿Qué quieres decir?

Zoe me pasó un cepillo de dientes grande y gordo, que tenía un botón.

—Es eléctrico —dijo—. Le he puesto el cabezal de repuesto. ¡Aprieta el botón!

La obedecí y, de pronto, el cepillo de dientes se puso a vibrar como loco en mi mano.

—¡Oh! —grité sorprendida.

No había visto nunca un cepillo de dientes eléctrico. Seguro que a mi papá le interesaría mucho. Intenté poner algo de pasta en el cepillo, pero vibraba tan rápido

que no paraba de salpicar y de manchar las paredes.

—Espera —dijo Zoe, quitándome el cepillo y apagándolo—. Tienes que metértelo en la boca antes de encenderlo.

Colocó un poco de pasta en el cepillo y después me lo metió en la boca y apretó el botón. Mi cabeza entera se puso a vibrar y empezó a temblarme la vista, pero cuando terminé, ¡mis colmillos estaban más limpios que nunca!

—Tengo que contárselo a papá —dije—. Le interesan mucho los productos nuevos de aseo.

—¿Quieres ponerte una mascarilla en la cara? —preguntó Zoe, abriendo otra vez

el cajón y sacando dos paquetitos—. He
visto cómo lo hace mi mamá. Estoy segura
de que no le importará que lo hagamos.

Abrió uno de los paquetes y sacó una
toallita mojada con agujeros. Olía a pepino.
Se la puso en la cara de manera que le
asomaban los ojos por los agujeros.

—¡Pareces un fantasma! —chillé,
abriendo mi paquete y poniéndome yo
también la mascarilla.

Estaba fresquita y sentí un hormigueo en las mejillas. Nos miramos las dos juntas en el espejo.

—No sé por qué los adultos hacen estas tonterías —dijo Zoe—. ¡Estamos rarísimas!

—A lo mejor es que a ellos, en el fondo, también les gusta disfrazarse —dije—. ¡Parecemos fantasmas!

Nos pusimos a bailar, levantando las manos en el aire como si fueran garras.

—¡Uuuuhhhhhh! —gimió Zoe—. ¡Voy a por ti! —me persiguió desde el baño, por el rellano de la escalera, hasta su dormitorio.

—¿Qué está pasando ahí? —gritó la mamá de Zoe desde el piso de abajo—. ¡Es hora de meterse en la cama, niñas!

Zoe se quitó rápidamente la mascarilla de la cara y la estrujó. Yo hice lo mismo y, cuando la mamá de Zoe subió a darnos las buenas noches, ya estábamos las dos tumbadas y calladitas en la cama, una al lado de la otra, con Pinky y Cocó acurrucados entre nosotras.

—Buenas noches, niñas —dijo, apagando la luz y cerrando la puerta—. Que durmáis bien.

—Buenas noches, mamá —dijo Zoe.

Nos quedamos un ratito ahí tumbadas en la oscuridad, aunque no estaba oscuro de verdad porque Zoe tenía una pequeña lamparita enchufada en la pared.

—Tenemos que quedarnos despiertas —susurró— para poder hacer el banquete a medianoche.

—¡Oh, sí! —dije—. ¿Qué tomaríamos?

—Tarta —propuso Zoe, con una risita.

—¡No podemos comernos la tarta!

—Ya lo sé… Solo era una broma. Tendremos que buscar otra cosa. A lo mejor podemos comernos los adornos de azúcar que han sobrado.

—Sí, a lo mejor —repetí, volviendo a pensar en la tarta. Estaba empezando a sentirme un poco mal. Me acordaba todo el rato de Oliver y Bruno, y de lo ilusionados que estaban con su tarta de dinosaurio. Sabía que estarían esforzándose mucho en hacerla.

—Zoe… —susurré.

—¿Qué?

—Creo que no deberíamos presentar nuestra tarta al concurso.

—¿Por qué? —preguntó, sentándose en la cama—. ¡Claro que deberíamos!

—Pero hemos hecho trampa —dije—. Hemos usado la magia. Llevo pensando en ello toda la tarde. ¡No me parece justo!

—Solo ha sido un poquito de magia —dijo Zoe en voz baja.

—Ha sido más de un poquito —repuse—. Y en realidad no deberíamos haber hecho nada de magia. Nos lo estábamos pasando tan bien que me dejé llevar.

—Pero TENEMOS que presentar la tarta —insistió Zoe—. ¿O es que no quieres conocer a Natty MacDalena?

—Bueno, sí… Solo digo que…

—Pues yo me muero de ganas de ganar y conocer a Natty MacDalena —dijo Zoe, empezando a estar un poco enfadada.

—De acuerdo —suspiré. No quería estropear con una discusión la fiesta de pijamas. Intenté cambiar de tema—: ¿Qué vamos a hacer para quedarnos despiertas hasta el banquete de medianoche? —pregunté.

—¡Contar historias de fantasmas! —respondió Zoe con un ligero escalofrío, animándose otra vez. Encendió una linterna y se la puso bajo la barbilla.

—Empezaré yo —dijo, y comenzó a contar una historia.

Era sobre una anciana que recorría las calles de nuestra ciudad al anochecer, arrastrando unas cadenas que sonaban durante toda la noche.

—No me parece muy realista —comenté, acordándome de Óscar, el fantasma simpático que vivía en el desván de mi casa—. ¡Deja que te hable de mi fantasma de verdad!

—¡Pero Óscar no da miedo! —repuso Zoe—. Las historias de fantasmas tienen que dar miedo. Para eso están.

—Ah —dije confusa.

—Da igual. Mejor vamos a hablar de nuestros deseos. ¿Sabes qué es lo que deseo más que nada en el mundo?

—¿Conocer a Natty MacDalena?

—Casi aciertas, pero no —dijo Zoe—.
Lo que deseo más que nada en el mundo es
que seamos las mejores amigas para siempre.
Y que cuando seamos mayores nuestras
casas estén una al lado de la otra.

—Oh, Zoe… —dije—. ¡Qué deseo más
bonito! Espero que se haga realidad.

Zoe sonrió y abrazó a Cocó, que estaba
acurrucada en sus brazos.

—¿Cuál es el tuyo? —me preguntó—.
Tenemos que seguir hablando, para
aguantar despiertas hasta medianoche.

—Hum… —dije—. Déjame pensar…

La habitación se quedó en silencio
durante un momento. Lo único que se oía
era el tictac del reloj.

—Ya lo sé —respondí por fin—.
Además de seguir siendo tu mejor amiga
para siempre, lo que más deseo en el
mundo es convertirme en una bailarina
famosa. ¡Bailarina hada y vampiro a la vez!

Pero Zoe no dijo nada. Había cerrado
los ojos y se había quedado dormida,
abrazando con fuerza a su mona Cocó,
que también dormía.

—Supongo que no haremos el banquete a medianoche, después de todo —le dije a Pinky en voz baja y cerré los ojos yo también.

Pero me resultaba muy difícil dormir. Los pequeños ruidos y crujidos eran diferentes en la casa de Zoe, y no estaba acostumbrada a tener una lamparita encendida en mi habitación. Además, seguía preocupada por la tarta, y cómo habíamos hecho trampa al usar mi varita. Cuanto más pensaba en ello, más culpable me sentía.

Todavía estaba despierta, dándole vueltas al tema, cuando el reloj de Zoe que brillaba en la oscuridad dio las doce. Salí de la cama silenciosamente y me acerqué a la

ventana. Miré en el oscuro jardín, pero no pude ver a papá. A lo mejor se había olvidado de venir.

Entonces levanté la vista hacia el cielo y vi una sombra negra que volaba planeando hacia la casa, bajo la luz de la luna creciente. Abrí la ventana lo más delicadamente que pude y salí afuera, aleteando hasta encontrarme con papá en el aire.

—¡Anda! —dijo—. Pensaba que ya estarías dormida.

—No podía dormir —le conté.

Volamos juntos hasta el tejado de la casa y nos sentamos en las tejas inclinadas. Papá me envolvió en su capa y estuvimos contemplando las estrellas durante un rato.

—Bueno, cuéntame por qué no podías dormir —me dijo—. ¿Es porque todo es muy diferente en la casa de Zoe?

—Pues… sí es diferente —respondí—. Tienen una lamparita nocturna, un cepillo de dientes eléctrico y una televisión en la cocina… Pero no es eso lo que no me dejaba dormir.

—¿Ah, no? —preguntó papá.

—Hicimos la tarta para el concurso —le expliqué—, pero usé mi varita mágica para hacer que fuera verdaderamente increíble. Y ahora…, si ganamos, será porque hicimos trampa. Y no sería justo para los demás. No sé qué hacer, porque Zoe quiere presentar la tarta al concurso, pero yo creo que no deberíamos hacerlo.

—Ya veo cuál es el problema —dijo papá—. ¿Te acuerdas de cuando tu prima Mirabella te convenció para que llevaras un dragón al colegio, y te empezaste a meter en líos?

Asentí con la cabeza.

—Pues esta situación es muy parecida —dijo papá—. Es importante defender aquello en lo que crees. Si no te parece bien llevar la tarta al colegio, no deberías dejar que Zoe te arrastre a hacerlo. Aunque sea tu mejor amiga y quieras que esté contenta. Seguro que en el fondo ella también sabe que está mal.

—¿De verdad? —pregunté,
sintiéndome muchísimo mejor—. ¿Tú
crees?

—Estoy seguro de ello —dijo papá.
Sonrió y me revolvió el pelo alborotado—.
¡Ahora háblame un poco más de ese cepillo
de dientes eléctrico!

Capítulo CUATRO

Era casi la una de la madrugada cuando volví volando a la habitación de Zoe y cerré la ventana con suavidad detrás de mí. Me deslicé de nuevo en la enorme y blandita cama nube y me acurruqué con Pinky. Esta vez no me costó nada dormir. Cerré los ojos y cuando volví a abrirlos era de día y el sol entraba por la ventana.

—¡Buenos días! —me saludó Zoe
con voz cantarina, que ya estaba despierta
y dando brincos por la habitación con su
mona Cocó. Estaba ocupada quitándole
toda la ropa a las muñecas y extendiéndola
por el suelo.

—¿Qué quieres ponerte, Cocó?
—le preguntó—. ¿El vestido de rayas o
el pijamita?

Cocó fue saltando a la otra esquina de la habitación y se subió al armario. ¡No quería llevar nada de ropa!

Se me hizo muy largo hasta que la mamá de Zoe nos llamó para desayunar y, cuando por fin entramos en la cocina, ya me sonaban las tripas.

—A mis padres les gusta levantarse tarde los fines de semana —me explicó Zoe.

El desayuno en su casa era muy distinto al que hacemos en la mía. Nosotros normalmente tomamos una tostada y yogur de néctar de flor de hada, y zumo rojo para papá, pero en la casa de Zoe tomaban beicon, huevos, champiñones, tomates, salchichas y zumo de naranja.

—¡Qué rico! —exclamé.

Mientras comíamos, me quedé mirando
la tarta que estaba en la encimera detrás de la
mesa. Cuando terminamos de desayunar
y recoger, agarré a Zoe por el brazo.

—De verdad que no podemos
presentar la tarta —dije—. No sería justo.

—Pero… —empezó a decir ella, con
cara de decepción.

—Es hacer trampa —dije—. Sería horrible si ganáramos. Piénsalo.

—Supongo que sí —admitió Zoe. Bajó la mirada hacia sus manos y empezó a moverlas con nerviosismo—. No la presentaremos —dijo—. Pero ¿podemos hacer otra antes de que vuelvas a casa? Una sin magia.

—¡Qué barbaridad! —dijo la mamá de Zoe, cuando le preguntamos si podía ayudarnos—. ¿Otra tarta? ¡Sí que os lo habéis pasado bien haciendo la primera!

—Sí —asentí, porque era totalmente cierto.

Estuvimos en la cocina unas cuantas
horas y gastamos los ingredientes que
sobraron el día anterior haciendo una
nueva tarta. Era bastante más pequeña
y muchísimo menos impresionante que la
primera, pero me sentía mejor presentando
esta al concurso.

—La llevaré al colegio el lunes —dijo Zoe, mientras yo recogía mis cosas para volver a casa.

Me ayudó a apretujar la nube mágica hasta meterla en su pequeñísima bolsa.

—Me lo he pasado fenomenal —dijo—. ¡Ha sido la mejor fiesta de pijamas del mundo!

—¡Sí! —dije de acuerdo con ella, dándole un gran abrazo—. Muchas gracias por invitarme.

—Gracias a ti por darle vida a Cocó —dijo Zoe, acariciando a su mona, sentada en su hombro—. Ya sé que te pedí que le dieras vida solo durante nuestro juego, pero ¿podría seguir viviendo «para siempre siempre»?

—«Para siempre siempre» —le
prometí.

—Tendré que pensar en cómo se lo
explico a mis padres… —dijo Zoe, y las
dos nos reímos.

Luego cogí mi bolsa y bajamos las
escaleras.

—¿Ha sido una noche maravillosa?
—me preguntó mamá mientras volvíamos
andando juntas a casa.

—¡Ha sido la noche más maravillosa
del mundo! —y le conté lo de las dos
tartas que habíamos hecho.

Al día siguiente en el cole toda la clase
charlaba emocionada. Mis amigos llevaban
sus tartas y las ponían en fila en una mesa
al fondo.

—¡Madre mía! —decía la señorita
Guinda—. Va a ser una difícil elección.

Me apresuré a echar un vistazo a las
tartas que habían traído ya. Sashi y
Samantha habían hecho una que tenía
forma de flor, con maripositas posadas.
Era muy bonita. Dominic y Jasper habían
hecho otra con forma de robot, cubierta de
glaseado gris, con botones de gominolas.

En mitad de la mesa estaba la tarta de
dinosaurio de Bruno y Oliver. No cabía
duda de que se habían esforzado más que
nadie. Habían hecho un estegosaurio de

bizcocho recubierto de glaseado verde, con placas triangulares de barquillo a lo largo del lomo. Habían modelado arbolitos y dinosaurios más pequeños hechos de glaseado, y los habían puesto alrededor del estegosaurio para hacer un paisaje comestible.

Cuando la vi, me sentí más aliviada que nunca de que Zoe fuera a traer la tarta nueva y no la que estaba llena de magia. Entonces me pregunté dónde estaría Zoe. No solía llegar tarde al colegio.

—¡Lo siento, señorita Guinda! —dijo una voz desde la puerta, y mi amiga entró en el aula cargando una tarta enorme. Era una tarta mágica, altísima, con

glaseado de brillantina y molinillos de
fuegos artificiales que daban vueltas y
lanzaban destellos por todas partes. Una
tarta de cinco grandes pisos, cada uno de
diferente sabor.

Me quedé mirando a Zoe y a la tarta.
Con la boca abierta de horror, agarré la pata
de Pinky.

—¡Guau! —exclamó la señorita
Guinda. Estaba tan asombrada que los
ojos casi se le salían de las órbitas.

Corrió a ayudar a Zoe a levantar la
tarta para ponerla en la mesa. Y allí se
quedó, como una montaña, cerniéndose
sobre el dinosaurio de Oliver y Bruno.

—Lo siento —susurró Zoe cuando
vino a sentarse a mi lado—. Es que esta
mañana no pude resistirme. Vi las dos
tartas, una al lado de otra en la encimera,
¡y esta era muchísimo mejor!

—Pero… —dije algo molesta.

—No te enfades —suplicó Zoe.

Alargó la mano para coger la mía bajo el pupitre, pero yo se la aparté. Sentía como si me hubiera traicionado.

—Isadora… —susurró, ahora con voz un poco temblorosa—. Lo siento, yo solo…

—¡Callaos, por favor! —dijo la señorita Guinda, levantando las manos—. ¡Es hora de probar y valorar las tartas!

Se acercó a la mesa y cortó un trocito de cada una de ellas.

—Mmm… —dijo mientras mordisqueaba y masticaba—. ¡Delicioso!

Cuando llegó a nuestra tarta, cogió una diminuta porción de cada piso y los probó todos. Abrió los ojos como platos.

—¡Oh! —exclamó—. ¡Qué sabores
más sensacionales! ¡Los adornos de azúcar
están EXPLOTANDO en mi boca!

—¿Lo ves? —susurró Zoe a mi lado,
pero ya no parecía tan segura.

—¡Declaro ganadoras a Zoe y a
Isadora! —dijo la señorita Guinda,
sacándose un sobre del bolsillo y
levantándolo en el aire—. ¡Las entradas
son vuestras!

Zoe se puso de pie y fue hacia la mesa.
Yo la seguí, con las mejillas ardiendo de
vergüenza. Zoe cogió las entradas y se
quedó con ellas en las manos.

—Vuestra tarta es una obra de arte
—dijo la señorita Guinda—. Debéis de

haber estado trabajando todo el fin de semana.

—Sí —dijo Zoe, pero ahora con voz ahogada.

Miré hacia la dirección donde Bruno y Oliver estaban sentados. Aplaudían como los demás, pero se veía la decepción en sus caras.

—¡Enhorabuena a las dos! —dijo la señorita Guinda, sonriendo—. Bueno, me parece que ahora todos vamos a tomar un trozo de tarta.

Se puso a cortarlas en cuadraditos y a ponerlos en platos. Mientras lo hacía, la clase entera charlaba.

—Podéis ir a sentaros ya —nos dijo la señorita Guinda, y Zoe se puso a andar hacia nuestra mesa, con las entradas apretadas en la mano.

La seguí, todavía molesta y enfadada. Me preguntaba si debería contarle a la señorita Guinda que habíamos hecho trampa.

Pero Zoe, nada más llegar a su silla, se quedó parada de pie durante un momento. Después se dio la vuelta y volvió andando a la mesa donde nuestra profesora cortaba las tartas. Yo la seguí.

—Señorita Guinda —dijo en voz baja—. Tengo que contarle una cosa.

—¿Sí?

—Isadora y yo no merecemos ganar las entradas.

—¿Qué quieres decir? —la señorita Guinda dejó de cortar un pétalo de la tarta de flor de Sashi y Samantha, y levantó la vista.

—Es que…, ejem…, hemos hecho trampa —dijo Zoe con un hilo de voz—. No hemos hecho la tarta nosotras solas. Hemos utilizado la varita de Isadora para hacer una parte.

—Oh —dijo la señorita Guinda.
Parecía decepcionada.

—Lo siento mucho —dijo Zoe—. Ha sido culpa mía. Isadora no quería presentarla al concurso, pero yo la traje de todas maneras.

—Ya veo —dijo la señorita Guinda—. Qué pena.

No parecía enfadada, pero tendió la mano para recoger las entradas y Zoe se las devolvió.

—Tendré que valorar las tartas otra vez —dijo.

—Lo sé —asintió Zoe, bajando la mirada hacia el suelo. Vi que se le escapaba una lagrimita.

—Vamos… —dijo la señorita Guinda—. Todos hacemos cosas que no deberíamos, a veces. Y has hecho bien en reconocerlo.

Zoe sollozó.

—Además, hayáis ganado o no, ahora todos podemos disfrutar de vuestra deliciosa tarta. —Y entonces nos dio dos platos.

Volvimos a nuestros pupitres y nos sentamos. Le apreté la mano a Zoe, regalándole una enorme sonrisa.

—¡A ver! —dijo la señorita Guinda—. Ha habido un cambio de planes. Por razones de las que no voy a hablar, Zoe e Isadora han sido descalificadas del concurso. Los nuevos ganadores son… ¡Bruno y Oliver!

—¡BIEN! —gritaron los dos, saltando de sus sillas y poniéndose a bailar por el aula. Estaban tan contentos y encantados de ganar que sentí como si un relámpago de felicidad me calentara el cuerpo entero.

—¡Yujuuuuu! —gritó Oliver, sacudiendo las entradas en el aire.

—La verdad es que es una tarta de dinosaurio impresionante —dijo la señorita Guinda—. ¡La mejor que he visto nunca!

Zoe bajó la vista hasta sus manos y supe que estaba un poco triste por no haber ganado las entradas y poder conocer a Natty MacDalena.

—Te propongo una cosa —dije—. ¿Por qué no vienes a casa el fin de semana que viene para hacer una fiesta de pijamas? Trae a Cocó si quieres. Podemos hacer con mi mamá pasteles de hadas, mágicos de verdad. Y que luego mi padre nos acompañe para hacer un banquete a

medianoche como es debido en el tejado
de nuestra casa, ¡y podemos dar un paseo
volando entre las estrellas!

Zoe levantó la vista, con los ojos
brillantes.

—¡Me encantaría! —dijo, lanzando
los brazos alrededor de mi cuello y
apretándome en un enorme abrazo—.
¡Nada en el mundo me gustaría más!

¡Pasa la página
y encontrarás un
montón de cosas
divertidas para hacer,
inspiradas en la fiesta
de pijamas de Isadora
Moon y Zoe!

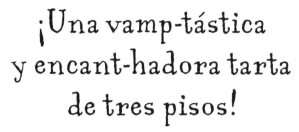

¡Una vamp-tástica y encant-hadora tarta de tres pisos!

Esa tarta puede que no sea tan alta como la de Isadora y Zoe, pero... ¡será espectacular!

Ingredientes:

Para la tarta:

- ⭐ 225 g de mantequilla sin sal
- ⭐ 225 g de azúcar glas
- ⭐ 4 huevos de gallinas camperas, batidos con suavidad
- ⭐ 200 g de harina con levadura, tamizada
- ⭐ ½ cucharadita de levadura
- ⭐ 2 cucharadas de cacao en polvo
- ⭐ 1 cucharadita de extracto de vainilla
- ⭐ 775 g de frambuesas

Ingredientes:

Para el glaseado:

 500 g de azúcar glas

☆ 250 g de mantequilla sin sal

☆ 1 cucharadita de extracto de vainilla

☆ 1 cucharada de leche entera

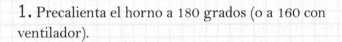

¿Cómo se hace?

1. Precalienta el horno a 180 grados (o a 160 con ventilador).

2. Unta con mantequilla la base de tres moldes redondos de 20 cm y pon en cada uno papel vegetal.

3. Mezcla la mantequilla y el azúcar en un bol grande con una batidora eléctrica hasta que la mezcla quede pálida y esponjosa.

4. Añade lentamente los huevos, sin dejar de batir la masa, y después echa la harina y la levadura.

5. Divide la masa en tres cantidades iguales y ponlas en tres cuencos.

6. Bate las frambuesas con batidora hasta que no tengan grumos. Cuela el batido para quitarle las pepitas. Viértelo en uno de los cuencos.

7. Mezcla el cacao en polvo con tres cucharadas de agua hirviendo y después añádelo a la masa del segundo cuenco.

8. Echa el extracto de vainilla en el tercer cuenco.

9. Vierte las masas de cada cuenco en un molde y hornéalas alrededor de 20 minutos hasta que los bizcochos estén ligeramente dorados y que, al pincharlos en el centro con un palillo, este salga limpio.

10. Sácalos del horno y déjalos reposar cinco minutos. Luego dales la vuelta sobre una rejilla de horno y déjalos enfriar completamente. ¡No te olvides de quitar el papel!

Asegúrate de
que los bizcochos se hayan
enfriado antes de
decorarlos. ¡Si no,
el glaseado se derretirá
y goteará!

11. Con una batidora eléctrica bate la mantequilla durante 5 minutos hasta que quede ligera y cremosa.

12. Sin dejar de batirla, añade lentamente el azúcar glas, cucharada a cucharada.

13. Vierte la leche y el extracto de vainilla, mientras sigues batiendo el glaseado. Cuanto más tiempo puedas batirlo, más ligero quedará.

14. ¡Ahora ya puedes empezar a montar tu tarta! Extiende el glaseado en dos de los bizcochos y monta los tres como si fuera un sándwich.

15. Empezando por la parte de arriba, cubre la tarta entera con una capa de glaseado y déjala enfriar en la nevera durante 15 minutos. Esto hará que no se desmigaje.

16. Recubre toda la tarta con otra capa de glaseado.

17. Llénala de fideos de colores, flores de azúcar, brillantina comestible y cualquier cosa que se te ocurra, o déjala como está.

18. Enfríala en la nevera durante otros 30 minutos para que se fije el glaseado.

19. ¡A DISFRUTARLA!

¡Cread una historia!

En la fiesta de pijamas, Isadora y Zoe intentan quedarse despiertas hasta medianoche contando historias de fantasmas. ¡Haced este divertido juego de inventar vuestras propias historias (para dos personas o más)! No tienen que ser de miedo si no queréis.

1. Sentaos en un corro (o cara a cara, si solo sois dos).

2. Elegid a alguien para que empiece. Esa persona comenzará la historia con «Érase una vez...» y terminará la frase.

3. La siguiente persona deberá continuar la historia, añadiendo solo una frase.

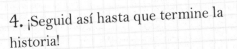

4. ¡Seguid así hasta que termine la historia!

Este juego es una manera fantástica de inventar cuentos divertidísimos, y podéis repetirlo tantas veces como queráis. ¡Escribid las que más os hayan gustado para que no se os olviden!

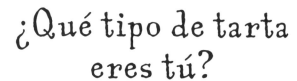

¿Qué tipo de tarta eres tú?

¡Haz el test para descubrirlo!

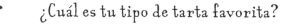

¿Cuál es tu tipo de tarta favorita?

A. No puedo elegir. Todas están tan buenas…

B. Una a la que le pueda dar formas divertidas.

C. Una sencilla, de bizcocho y mermelada.

¿Cuál te parece el mejor tamaño para una tarta?

A. ¡Gigante! Cuanto más grande, mejor.

B. Las tartas medianas son las mejores.

C. Prefiero una tarta pequeña. ¡Así me la puedo comer entera!

¿Qué adornos te gustan más para una tarta?

A. Fideos de colores alegres, con rizos y remolinos de glaseado, brillantina y bengalas. ¡Y más brillantina todavía!

B. Figuritas inventadas por mí, hechas con galleta y glaseado.

C. Una sencilla capa de azúcar glas.

Resultados

Mayoría de respuestas A:

¡Eres la tarta espectacular de varios pisos que hicieron Isadora y Zoe! Te encanta ser el centro de atención ¡y nada te gusta más que las chispas y la brillantina!

Mayoría de respuestas B:

¡Eres la tarta de dinosaurio de Bruno y Oliver! ¡Te encanta crear y hacer cosas con tus propias manos!

Mayoría de respuestas C:

¡Eres la segunda tarta que hicieron Isadora y Zoe! No quieres llamar demasiado la atención, y te parece que la sencillez, la sinceridad y el buen sabor son las cosas más importantes de la vida.

¡Hay muchas más historias mágicas para tu colección!

ISADORA MOON

se mete en un lío

Mitad vampiro, mitad hada, ¡totalmente única!

Harriet Muncaster

ISADORA MOON

en el castillo encantado

Mitad vampiro, mitad hada, ¡totalmente única!

Harriet Muncaster

ISADORA MOON

va al parque de atracciones

Mitad vampiro, mitad hada, ¡totalmente única!

Harriet Muncaster

ISADORA MOON

y las manualidades mágicas

Mitad vampiro, mitad hada, ¡totalmente única!

Harriet Muncaster

ISADORA MOON

y los disfraces mágicos

Mitad vampiro, mitad hada, ¡totalmente única!

Harriet Muncaster

ISADORA MOON

y el hechizo mágico

Mitad vampiro, mitad hada, ¡totalmente única!

Harriet Muncaster